글나무 시선 24

낙서

글나무 시선 24

낙서

저　자 | 고종목
발행자 | 오혜정
펴낸곳 | 글나무
주　소 | 서울시 은평구 진관2로 12, 912호(메이플카운티2차)
전　화 | 02)2272-6006
e-mail | wordtree@hanmail.net
등　록 | 1988년 9월 9일(제301-1988-095)

2025년 1월 30일 초판 인쇄 · 발행

ISBN 979-11-93913-16-1 03810

값 10,000원

낙서

고종목 시집

시인의 말

시!
한때나마
하늘에 별로 보였다

시!
쓰고 보니
낙서를 했다

시!
나를 떠나
하늘에 별로 돌아갔다
유산으로

?

남긴다

차례

고종목 시집 낙서

제4부

1부

그리움

그 - 리 - 워 - 라!
부르면 부를수록 가슴 깊이 파고드는
그립고 그리운 목소리를 깁는다
오십 년이나 기다리고 기다리다가 지치고
주름진 얼굴 흰머리의 모습을 깁는다
남북 이산가족의 짧은 만남 긴 이별의 아픈 가슴
철조망을 실로 풀어 촘촘히 깁는다
다시 만날 약속도 없이 마주 바라만 보는
슬픔이 글썽이는 눈동자를 깁는다
산 너머 구름 너머 바라보는 하늘가
기저귀 벗은 고추가
엄마의 속옷 옆에 나란히
바지랑대 위 빨랫줄 잡고 부끄럼도 없이
위아래 아래위 자리바꿈 그네를 탄다
아득한 그리움의 그림자를 깁는다

낙서

쓴다 꿈도 야무지다
시작(始作)인가? 시작(詩作)인가?
한두 편 더 쓴다고 달라질 것도 없는
누가 알아주지도 않는 낙서 쓴다
그저 그렇고 그런 시라서 빼고
내가 쓰고도 기억이 나지 않아서
캐릭터가 없어 체험이 없이
다리만 걸쳤다고
스미싱 시라고 마음에 안 든다고
빼고 빼고 빼고⋯
총결산 명세서
제로 포인트

낙서를 위한 낙서

시시껄렁한 시
그렇게 함부로 비판하지 말게
언어폭력으로 명예훼손죄에 걸리네
ㅎㅎㅎ 개가 다 웃겠네
AI 시대에 똥 먹는 개 보았나
반려견님으로 승격되었네
낳아 준 부모는 뒷전 반려견은 상전이네
누구 탓할 일 아니네
질서가 뒤바뀐 세상에 출세 못한
껄렁한 자네 잘못이네
말, 말이 많네
낙서, 그 이상도 이하도 아니다
웃기네

산이 된 '나'

아주 오랜만에 불알친구 따라 산길을 거닐었다
고향 마을 뒤 산자락을 오르락내리락 산모롱이 도는데
어깨 위에 굴러떨어지는 도토리 알과 함께
산새 소리 솔바람 소리 소리 소소소 스스스
빨간 나도 노란 너도 바스락 부스럭 단풍 하모니
가슴속에 스며들어 와 박혀 숨을 쉰다
나뭇가지에 날다람쥐 앉아
도토리 도시락 까먹는 소리 나를 따라왔다
배낭을 열자 산이 품은 골짜기의 맑은 물소리에
나도 말개져서 졸졸졸 흘러나오고
산새 소리가 포롱포롱 날아 나왔다
온통 마음속이 집 한 채로 가득 찼다
산은 해를 밀어 올리고 나는 달을 밀어 올린다
초승달이 실눈 뜨고 나를 내려다본다
산은 나 되어 팔짱 끼고
나는 산이 되어 팔짱 끼고 내려온다

세상의 문은 하나다

어머니의 문을 나와
세상에 첫걸음 내딛는 순간
이미 방황은 시간 속에 있었다
제 발로 집 방문을 들고 나는 맛은 신명 났다
멋모르고 입시 경쟁의 문에서 매운맛을 알았다
취업의 좁은 문을 통과하고 나자
세상엔 알 수 없는 문이 수없이 열려 있고 닫혀 있는
그 문 한번 들어서면 다시 나갈 수 없는 문
나와도 세상의 문은 있지도 없지도 않았다
열린 앞문으로 들어가 뒷문으로 나가 돌아서자
나온 뒷문이 앞문이고
들어온 앞문이 나가는 뒷문이다
세상에 문은 많고 많아도
나에겐 앞뒤 없는 문 하나다

시야 놀자

아가야!
까-꿍 시 쓰니?

도리도리 짝짜꿍
곤지곤지 짝짜꿍

오줌 싸고 똥 싸놓고
옹알옹알 시야 놀자
잠자는 얼굴 향기가 꽃핀다
손짓 발짓 몸으로 시 쓴다
까-꿍 시가 웃는다
방긋방긋 시 쓴다

도리도리 짝짜꿍
곤지곤지 짝짜꿍

꽃 이야기

가슴에 조각 하나 심는다
푸른 조각 하나 푸른 말로 다가온다
빨간 꽃잎 빨간 손 내밀고 빨간 웃음 짓는다
한 조각 곁에 또 한 조각 조각 조각
너 좋아 나 좋아 웃는데 눈물이 왜 나나
□△☆○*의 빈 공간에 산골짜기 강 너머 푸른 숲
산새들 물새들 속삭임의 날개에 꽃무늬 수놓는다
긴 세월 살다 보니 서운했던 일도 꽃 피운다
손에 손 잡고 걸어서 하늘까지 가자더니…
가로 놓인 철조망에 묶여 얼어붙은
DMZ 안의 그리움에 사무친 슬픈 눈망울 으아리꽃
살아서는 다시 못 만나는 그리운 검은 눈동자 크게
활짝 뜨고 "이 문디야" 그 목소리 듣고 싶다
"피어라 피어나라 이 문디꽃"

* 조각의 원형

19

벗는다

나를 벗는다
안경을 벗는다
가장 은밀한 숲을 벗고
팽팽한 긴장을 벗는다
단 한마디의 말도 필요치 않아
느낌만으로도 서로가 서로를 벗는다
지킬과 하이드를 벗는다
명예의 모자 자존심을 벗는다
거리가 유행을 입으면
쇼윈도의 마네킹은 유행을 벗는다
창녀처럼 성스럽게
마네킹처럼 홀라당 벗는다
오만과 아집을 벗은
저 자유를 누가 입을까?

왜? 하필이면

왜? 하필이면
눈 닫고 귀 닫고 입 닫으니까
되고 말고 한 낙서(洛書) 한 · 점
더하여 감히
당신의 입 십자가에 대못을 박아
새로운 말씀으로 부활하시라고
바느질을 쓰고 조각보 만화 한 · 점
그림을 바느질합니다
어리광 부리는 철부지 내게
그 크신 권능 권위 권세 부림을
왜? 하필이면

이렇게

그렇게 저렇게
하나 둘 셋 떠나고
이렇게 홀로 남은 육신 벗고
언제 어떻게 어디로
빈 몸으로 떠나는 여정
빈 바람만 휑하니 들렀다 간다
뒤도 돌아보지 않고 말없이
이렇게

조각, 온몸으로 말한다

온몸으로 말(言) 걸어온다
조각 하나

나 홀로 길을 가다가 뒤돌아본다
내가 나인 것 같지 않을 때
풀잎에 이슬이 반짝 맺혔다 반짝 스러진다
조각 하나 나를 밀어내고 말 없는 몸짓을 한다
살아도 같이 살고 죽어도 같이 죽자고 한다
물려받은 조각 하나 없지만 탓하지 않는다
야생의 본능으로 눈짓 손짓 발짓을 보여 준다
조각은 말을 온몸으로 들려준다

그 모든 몸짓
한 조각 꿈이었다고 들려준다

거품

아침 기지개켜며 일어서는 시 공복
유독성 가스 부글부글 끓어오른다
시 분자들이 삐거덕거린다
얼굴 하나야 손바닥으로 눈가림 할 수 있지만
거품 든 가슴 무엇으로 가릴 건가
끼리끼리 뭉쳤다 흩어지고 다시 뭉치는 고래 거품
언제나 등 터지는 건 새우 거품이다
내 주장만 있고 네 주장은 폐비닐 조각처럼 펄럭인다
거품 중독 증후군 위험 수위 밟고
주고 받는 인사 속에 거품 날로 지고 샌다
시인이 넘쳐나는 나라에서
시만 먹고 살 수 없어 거품 시 내뱉는다
뜨거운 시 급히 덥석덥석 먹다
화상 상처 받은 혓바닥

'나 몰라'요

문법을 알아요?
'나 몰라'
성이 나 씨이고 이름이 '몰라'구나
문법도 모르면서 시는 어떻게 써 왔어요
남이 못하는 거 안 하는 거 싫어하는 거
바느질을 쓰고 그림을 바느질하는 낙서를 그렸어요
바느질 기법으로 버리는 조각들로 얽이설기 찍어매고
남는 건 반려 견 코에 꼬리에 걸어주고
머리에 갓 쓰고 오른 손에 스마트폰
왼손에 전주 합죽선 들고
오른발에 짚신 왼발에 가죽 구두 신고 다니니까
포스트구조주의라고들 해요
누가 뭐라 그래도 내가 좋아서 했을 뿐
'나 몰라' 필명이에요
내 몸 한 가운데 별을 새겼어요

2부

패션쇼

은비녀 쪽진 머리
오른손에 AI 스마트폰 들고
왼손에 전주 합죽선 펼쳐 들었다
오른발에 노란 굽 높은 짚신 신고
왼발에 하얀 꽃버선에 빨간 샌들구두 신고
앞에는 무릎 위 20cm의 미니스커트
뒤에는 바닥에 끌리는 롱스커트 입고
왼쪽 가슴엔 빨강 브래지어
오른쪽 가슴엔 노란 브래지어
허리엔 무궁화 무늬도 선명한 버클 벨트로
허리 중심 곧게 세운 패션모델의 표정이
관객들의 시선을 압도한다
무대에 쏟아지는 아라리 갈채 갈채
패션쇼 날개도 없이 붕 떴다
우주 시대 달나라까지 날자 날자

기후가 말한다

기후가 인생 여든 일곱을 말한다
八十七을 어깨에 짊어지니
우선순위에서 밀린다
수많은 인생 기후가 빛이 바랜다
붓 대신 바늘 물감 대신 천 조각놀이
그림을 바느질하는 영혼의 감성을 호흡한다
육화된 콘텐츠 AI 로봇이 주도하는
기후 변화의 파고가 높다
+ - = 0℃에 고드름이 열린다
봄은 어디쯤 오다가 십 리 밖에서
발병 났다고 디지털 바람이 귀띔한다
주변 조건에 숨 가쁜 말
기후의 온도 그래프가 말한다

무지개를 낚아 올린다

빨 주 노 초 파 남 보

무지갯빛 빨간 그리움을 떼어
파란 바다에 심는다
노란 달섬을 심어 띄운다
가슴 뿌듯한 행복 한 땀
따뜻한 손길 나눔 초록 한 땀
두근거리는 기쁨 한 땀
보랏빛 그리움이 고여 있는 눈동자
설레는 발걸음 소리소리 한 땀씩

오늘을 낚아 올린다

변명하는 주머니

빳빳한 세뱃돈 받아 넣으라고
처음 복주머니 허리춤에 채웠지요
좀 더 자란 주먹에 신주머니 들려 주었지요
세뱃돈 나갈 처지가 되더니 돈맛을 알아서
비상금 딴 주머니를 몰래 차더라고요
몸서리치던 화약 냄새의 잔해
낡은 군복 쪼가리로 일수 곗돈 전대에 지퍼를 달고
잘살아 보세 잘살아 보세
새마을 노래 부르며 재봉틀 바퀴
죽살이치며 잘도 돌리더라고요

겉주머니 안주머니 속주머니 바지 주머니 조끼 주머니 두루
주머니 괴불주머니 딴 주머니 소 장수 전대 딸라 장사 전대 시
장바닥의 콩나물 파는 아지매 때 절은 전대 고생주머니 다 겪
고

보리 밭떼기에 빌딩숲 올리더니
여기저기에서 억억억 썩은 내 풍긴다
사과 상자 골프 가방 큰손 들락날락할 수 없다고

넝마로 버려져 똥값도 안 되는 버릴 것은 못 버리고
아직은 쓸 만한데도 버려지는 전대
누구 나 팔사람 없나요
디 · 지 · 탈 · 광고(廣告)

거품 공화국 해는 거꾸로 뜬다

먹어 치운다 거품이 거품을
돌연변이 식인종이 하늘 무서운 줄 모른다
피가 피를 불러들이고
돈이 돈을 탐닉하여 배가 터지는 이리 떼
쇠창살도 물어뜯는다
골 빈 자의 영혼은 식탐 허기로 입술이 부르튼다
내가 하면 로맨스
네가 하면 스캔들
내가 하는 말은 정의요
네가 하는 말은 모두 불의다
이 자리에서는 이 말
저 자리에서는 저 말
돌아서면 뒤집는 말 말 잔치 말 풍년
거품 공화국 해는
물구나무서서 가도 말이 되는
시가 시 거품을 낳아 시를 살해한다

민들레

하얀 피가 솟는다 가벼울수록
얼마나 속을 비워 내면
투명한 날개 펴고
하늘을 바람도 없이 날아갈 수 있나
척박한 땅에 하얀 피를 수혈해 뿌리내려
가벼움 속에서도 온전히 놓여난다
그 중심에 허리 꼿꼿이 세운다
언제나 그 마음 그 모습으로 피어나
만날 수 있는 하얀 '민(民)들레'

붉은 피를 흘린다 무거울수록
두 발 네 발로 걸어 다니는 짐승들
자리다툼이 부끄러운 줄 모르고
붉은 피를 철철 흘린다
피가 피를 먹고 소화불량의 피비린내 풍긴다

믿을 수 없는 말의 성찬

죽고 싶어 좋아 죽겠고 싫어 죽겠고 어디론가 떠나가고 싶어 죽겠고 너의 품에 안기고 싶어 죽겠어 그리워 죽을 것만 같아 미워 죽겠어 배불러 죽겠다 먹기 싫어 죽겠다 사치 떨고 이 쑤시고 트림하네 일하기 싫어 살기도 싫어 혼자 죽기는 억울해 인터넷 자살사이트 접속하네 동반 자살해 준단다 살기 싫어 죽겠다는 놈 이 쑤시네 사오세대 가장들 IMF 때도 일복 터진 놈은 잠잘 시간도 모자라 일에 치여 죽어 가는데 할 일 없는 불면증 환자 죽어 가는 것 살려놨더니 죽게 놔두지 왜 살렸냐고 발목 잡네 부아 터져 죽겠는데 배꼽 잡고 웃네 살다가 한두 번쯤 죽고 싶은 생각 안 해 본 놈 있나 사는 게 날마다 죽어가는 거라는 걸 모르고 살았다면 자네 헛살았네 죽는 게 따로국밥이냐 말로야 천 번인들 왜 못 죽어 죽을 맛 죽 맛 살-맛 살맛에 푹 빠져 죽살이치는 거지 엄마가 나를 다리 밑에서 주워 왔다고 했다 내가 말해 놓고 그 말을 믿지 않는다 내가

새로운 보아스를 기다리며

아득히 먼 어느 날
내 앞에 불쑥 나타난 불청객
내 입에 풀칠을 돕게 된 때부터
우린 손발에 물집 잡히면서 매일 만났지
서로가 상처를 주기도 하고 위로받기도 하였지
잠시라도 만나지 않으면 사는 의미에
가시가 돋을까 봐 새벽별을 깨우며 만나
달이 기울기까지 손발을 맞추었지
누구 하나 몸에 이상 신호등이 켜지면
손 놓고 기다릴 수밖에 없었지
조각과 '바늘과 실 그리고 나'*
미운 정 고운 정 다독거려 주는 동반자로
한 길을 정처 없이 간다 간다

*3시집 제목

가시, 풀치다

그것은 가시였다
벼엉신

뒤 꼭지 찔러 오는 손 가시 피해
노란 위험선 침범하려 할 때
내가 나를 이기지 못해
탈진하여 쓰러지려 할 때
조용히 침화(針話)로 다가와
핏방울 솟구치게 이마를 찌르는 가시이다가
나를 일으켜 세우는 지렛대로 서기까지
아픔을 아픔으로 풀치다

그것은 결코 가시가 아니었어

*풀치다: 맺혔던 생각을 돌려 너그럽게 용서하다.

타투이스트

몸에다 수를 놓는다
바늘 끝에 먹물을 찍어
어머니의 회초리를 문신한다
검은 핏물 살 속 깊이 박힐수록
회초리의 매운맛 어머니의 사랑은
검푸르게 꿈틀꿈틀 살아난다
긁어도 씻어도 지워지지 않는 사랑의 매
푸릇푸릇 거뭇거뭇 바느질 푸너리
울컥울컥 토해 낸다
온몸에 아프게 피어나는 문신
깊은 사랑의 매 회초리 바늘꽃

첫 날갯짓

시간을 쪼갠 조각을 깁는다
사각의 시간 둥근 시간 삼각의 시간 다각의 시간
누군가의 심장으로 쉼 없이 뛴다
하늘을 나는 새들의 가슴
바다를 주름잡는 고래의 가슴
반짝이는 별의 가슴에서
계절마다 피어나는 꽃의 심장으로 뛴다
돌에 새겨진 비바람 눈보라의 시간을 뛴다
돌아가는 우주 시간의 날갯짓
그 모든 조각들의 첫 날갯짓을 깁는다

제목 없는 시

조각보의 조각은 뼈 없는 몸이다
치명적인 ? 이다
현실을 거꾸로 낳는 잔인한 거울이다
피가 점점이 스민 백지이다
언어로 언어를 지운 세계를 지우고
색채를 시간을 나를 지우는 밤
격랑 광기 속에 유폐된 자신이 미워진다
냉소와 울분을 느껴 눈물이 난다
제목 없는 몸 사랑한다

꿈을 씹는다

문틈으로 새어들어 온 아침 햇살
한 가닥 뽑아 잠자는 바늘귀에 꿴다
바늘과 실이 한 몸이 된다
나는 잠들어 있는 바늘의 꿈을 훔쳐 씹는다
바늘도 잠들어 있는 내 꿈을 도둑질해 씹는다
눈 내리는 밤을 돌아와 훔친 서로의 꿈을
달콤하게 씹으며 지쳐간다
졸음에 겨운 가위 덜 깨어난 꿈을 씹고 있다
굴레를 벗어난 골무 하나
돌아앉아 표정 없는 얼굴을 씹는다

벽

벽 앞에 오늘이 침묵하고 서 있다
죽기 살기로 맞서 온 벽
침묵하지 말고 말 좀 해봐 듣고 싶다
나는 이쪽 벽 속에서 너는 저쪽 벽을 마주하고
하루 종일 아니 한평생을 살아간다
마음속에 에펠탑보다 높은 벽을 쌓고 산다
사랑을 고백하는 정겨운 목소리 들려주고 싶다
눈과 눈이 마주 바라보는 따뜻한 눈빛
나를 지키기 위한 마음의 벽 침묵의 벽
그깟 벽쯤이야 눈 녹듯 녹아내린다
사랑의 눈빛 닿는 곳이면
사방팔방 다 녹아 반짝반짝 빛난다

봄의 시간, 가을의 시간

길 위에서 길을 잃고
길 아래에서 길을 찾는다

세상에 오는 것 큰 은혜
세상을 떠나는 것 더 큰 축복

빈 들녘을 채우는 봄의 시간
만삭을 비우는 가을의 시간

아직 말을 모르는 아기가
햇살을 손목에 옹알옹알 감고 있다

그 옆에 백발의 할머니가 앉아 말없이
아기 손목에 감긴 햇살을 흥얼흥얼 풀고 있다

3부

무릎 사이에 굽이치는 절규 $\frac{6}{8}$ 박자

첫발을 내딛는 순간부터
이미 다리의 방황은 시간 속에 유폐되었다
비가 오나 눈이 오나 바람이 부나 새벽을 가르며
쏟아져 나와 꿈을 키워 가는 다리들
25시간 스트레스에 지쳐가는 일상의 다리
곤드레만드레 취한 다리 거짓말 밥 먹듯 하는
위선자 위정자의 뻔뻔스런 다리
이정표 없는 이승을 전전긍긍 헤매는 다리
내 다리 너의 다리
수많은 다리 속에 내 다리도 있다면
내 진짜 다리는 어떤 다리일까?
살아남기에 두 무릎 사이에서
죽은 다리의 그림자가
검은 상처를 빗속에서 절규한다
아침 햇살 산책길의 푸른 절규 $\frac{6}{8}$ 박자

팔도의 조각보 시위

시끄러운 세상 덮어씌우고 싶다
제주도 갈옷 만들고 남은 쪼가리
전라도 돌실나이
경상도 안동포
충청도 한산 모시
강원도 아랑주
함경도 북덕 무명
평안도 안타깨비
황해도 배붙이기
경기도 주사니
서울 비단 쪼가리 다 모아다가
조각보 하나 만들면 얼마나 잘 어우러질까
시침질 감침질 박음질하고 손으로 못 하는 건
가정용·공업용 미싱으로 드르륵 박아서
한 가운데 쥘 꼭지 하나 달아 놓으면 될 것 아니냐고
말로야 수천 개는 못 만들까마는
제대로 된 조각보 하나 만들기는 쉽지 않다
차려 놓은 말 잔칫상
미세먼지까지 안전하고 예쁘게 덮어 줄

그런 조각보

주인은 어디 없을까?

* 돌실나이: 전남 곡성 석곡에서 짠 삼베를 일컬음. 석곡의 토박이 이름
  '돌실'과 '나는 것'을 합쳐 만든 합성어
* 아랑주: 명주실과 삼실을 섞어 짠 것
* 북덕 무명: 품질이 나쁜 목화나 헌 솜으로 실을 켜서 짠 무명
* 안타깨비: 명주실 토막을 이어서 짠 굵은 명주
* 배붙이기: 명주 올이 겉으로 무명 올이 안으로 가게 짠 피륙
* 주사니: 명주실로 짠 여러 가지 피륙을 아울러 이르는 말

U턴 없는 신호등 앞에서

똑똑 실을 끊어 먹는 바늘
온몸을 구석구석 돌아다닌다
뼛속의 골수 빨아 먹고 구멍 숭숭 뚫는다
CT 필름에 투영된 미세한 바람의 집
누수처럼 스며드는 바람의 냉기가
내가 쌓은 축대를 무너뜨릴 모사를 꾸민다
나의 보행 가변차선까지 깜박깜박 갉아 먹는다
끊어진 줄처럼 소리 내지 못하고
속으로만 우는 만 가지 소리 들어 줄 나의 청중은
어디에서 정체되어 뜨겁게 나를 기다리는가?
U턴 없는 신호등 앞에서
재깍 재깍 재깍 다음 신호를 기다린다
6시 48분을 막 넘어서는
늦은 오후의 시간이 깜박이고 있다

불 꺼진 신호등

길 위로 똑 · 똑 · 똑 · 섬이 걸어간다
깜박 빨간 불, 깜박 노란 불, 깜박 파란 불
나의 눈이 깜박 신호등을 켠다
왼쪽 눈 0.3 오른쪽 눈 0.5
두 눈의 신호등 깜빡이를 끈다
한 치 코앞도 깜깜이다
깜박이가 꺼진 흰 지팡이와 팔짱을 낀다
맑은 안과병원 가는 길 반 발짝 앞서간다
깜박이는 눈보라
깜박이는 비바람에
깜박이는 두 어깨가 젖는다
지하철 3호선 충무로역 계단을 내려간다
지하철 4호선 회현역 계단을 올라온다
횡단보도 앞에서
한 점 · 독도가 된다
벨이 울린다

봄. 봄. 봄

봄, 꽃샘바람이 목화밭에서 화장을 고친다

봄, 진달래 빛 입술연지 바르고 돌담길 돌아 마을 안 수양 버
    드나무 밑에서 딸꾹질한다 딸꾹딸꾹 온 마을로 번진다
    노란 산수유 꽃 유두 딸꾹딸꾹 터진다 낮달이 실눈을 뜨
    고 듣는다 뻐꾸기가 늦잠 깨어나 떠꾸떠꾸 방언을 풀어
    짝짓는 마을
봄, 처녀막 터지는 봄의 교향곡 하늘에 울려 퍼진다
    한라산이 뻐꾹 … DMZ가 …

    살구꽃 가루 해롱해롱 날린다
    툇마루엔 봄볕을 베고 태몽 꿈꾸는 고양이

봄날을 건너는 소리

봄날
꽃비 자우룩하게 흩날리는 산골짜기
뻐꾸기 자지러지게 뻐꾹- 뻑뻐꾹 -

흙갈이 하는 밭두렁 가에
송아지 배고프다고 음매에-에-에-
노란 입 벌린 꽃다지 노곤한 하품 소리

달빛 아래 초가집
달빛을 돌리는 물레 소리 별빛을 짜는 베틀 소리
잔소리 먹는 맷돌 소리 미운 서방 다듬는
다듬이소리 소리 소소리

젖몸살 도지는 봄날의 빛 부신 봄비 소리
하늘을 첨벙첨벙 소리소리 건너간다

바로 그가

나와 너는
처음부터 예정된 프로그램의 줄다리기를 한다

나는 너의 방패막을 겨냥해
온 몸을 던져 분신(焚身)으로 날아간다

나를 마주 보고 있는 그 오만한 마빡
조금도 흔들림이 없다

갈대 서걱거리는 벌판에 서서
나는 지금 너를 호명한다
주먹 속의 고통의 불꽃
팽팽히 당긴 긴장의 줄을 놓는다
그의 눈부신 맨가슴에다 꽂는다

너와 나의 포옹이
단 한 번의 명중으로 피 흘리는 과녁
붉은 심장을 보라

바로

그가

나와 너다

고리

어머니
배 밖으로 나오던 날
핏덩이에
당신 손수 지은
배냇저고리 입혀 주셨지요

어머니
외딴 산동네로 이사 가던 날
눈물 콧물에 젖은 풀 옷 한 벌
내 손으로 입혀 드렸지요

언젠가
나 또한 주소도 번지수도 없는
외딴 산마을로 떠나갈 때
늙은 애기
으등가리 손 싸매 묻어 줄 고사리손
바늘구멍 속에 키웁니다

아리랑 요들송

아리아리 쓰리쓰리 아라레이 아라레이레이호
아리아리 아리랑 고개고개 아리쓰리 넘어간다
요로레이아라레이 요들고개 아리쓰리 넘어온다

아라레이 요로레이 나를 버리고 가시는 님은
아리아리 아리랑 십 리도 못 가서 발병난다
아라레이 요로레이 요로레이 아라레이레이호

사랑해 나는 너를 사랑해 너는 나를 영원토록
따뜻한 손길 나누며 오손도손 살리라 아라레이호
아리랑아라리 행복하게 살리라 아라레이레이호

아리아리 동동 부른다 쓰리쓰리 동동 부른다 부른다
아라레이 요로레이 요로레이 아라레이 아라레이호
아라레이레이호 요로레이레이호 아라레이레이호

돌고 돌아

1.
성마령 넘어 보릿고개 넘어 보리개떡 송구 떡 먹은 입술
버들피리 삘릴리 불며불며 돌고 돌아 여기까지 흘러왔네

2.
세월의 옷깃에 스친 인연 가을 볕뉘 처연한 육성 따라
논두렁 밭두렁 돌고 돌아 배추꽃 장다리꽃 파꽃 지나
쌍무지개 놓인 섶다리 건너 애절한 그리움도 만나네

3.
얼씨구 씨구씨구 들어간다 절씨구 씨구씨구 들어가신다
우렁각시 여울각시 풀각시 구미호 눈웃음에 홀린 오금
찔레 덤불 가시에 찔려 피 흐르는 다리 이끌고 절룩절룩
작년에 왔던 각설이가 죽지도 않고 왜 왔니 왜 또 왔니

4.
골목길 접어드네 쩔그렁 쩔그렁 엿장수 가위 소리
마루 밑에 멀쩡한 누이의 고무신짝 갱엿 바꿔 먹은
꾀죄죄, 어두워진 골목 철 대문 앞에 떨고 서 있네

5.
볼 것도 많은 세상 오라는 곳 없어도 갈 곳은 많네
솜틀집 과부 아들 대장간 집 홀아비 딸 가시보시
까칠복상 먹고 까슬한 입 오디 먹고 푸르딩딩한

6.
얼굴로 애장 터 만나면 송장메뚜기 잡아 탕 끓이고
모래알 메밥 짓고 개미딸기 홍동백서 조율시이
좌포우혜 진설하고 애고 애고 원통해라 절통해라
눈물 잔 올려 이배 큰절 하직하고 돌아서 오네

7.
무덤가 할미꽃 따서 족두리 쓰고 초롱꽃 불 밝히고
냉수 한 사발 떠 놓고 백년가약 맺고 스무고개 넘어

8.
눈물 반 미움 반 참음 반 초가집 애옥살이 송아지 기르며
물방앗간 지나 돌기와집 뒷간 돌아 초가집 오막살이 단칸방에
미운 정 고운 정 쌓으며 들고 나는 앞 뒷마당 바람만

들렀다 가도 나 아무것도 부러울 게 없었다네

9.
마흔 고개 매지근 쉬지근 쉰 고갯길 넘어 내려서는
저녁 답 생솔 타는 연기 밥 익는 냄새 솔솔 피어
오르는 굴뚝머리 참깨 오이 호박 가지 심어 길렀네

10.
금줄 친 집 잔칫집 생일 집 초상집 제삿집까지
이것저것 챙긴 잡동사니 모기 등에 산을 지운 꼴이네

11.
좋을 것 싫을 것 슬퍼할 것 노할 것 바쁠 것 없는 것을
아등바등 수선만 떨다 해 저문 개울가
부르튼 발 담그고 잠시 쉬어 또 떠나가네 돌고 돌아

12.
멀리 개 짖는 소리 다듬이소리 들으며
풀밭에 팔베개하고 누워 보네 하늘엔 새털구름 떼 지어 날고

산들이 호수에 엎드려 물 마시는 마을을 기웃거리네

13.
얼씨구 씨구씨구 들어간다 시는 숲에 놀고
시인 그림자도 보이지 않네 시의 잔등 밟고 선 문학의 권위만
얼씨구 절씨구씨구 작년에 왔던 팔병신 각설이
돌고 돌아 죽지도 않고 왜 또 왔] 뭘 보여줄 게 있다고

히어로 앙드레 고

아리쓰리 신명을 깁는 디자이너
그리움 슬픔이 배경으로 깔린
저녁노을 벗겨다 아침노을로 각색한다
조각에 숨겨진 DNA를 추적한다
해맑은 눈 뜨고 큰 숨 들이쉬고 내쉰다
흐트러진 지문 비밀번호 하나하나 소환한다
히어로 패션디자이너 앙드레 고*
그리움의 무늬 지문을 아로새긴다

* 의상 디자이너 앙드레 김의 이름에서 따옴. 고종목의 애칭

4부

고종목의 '부정성'

　내게 있어 그리움은 바라는 것들의 실상으로, 갈망이 쌓이고 쌓여 부정성으로 전이된다. 나는 신체장애로 가지지 못한 것이 많았다. 정서적으로 그 갈망이 지나쳐 부정적으로 작용하였다. 타개의 방법으로 종교에 접근하였으나 나에게 있어 하나님은 그리움의 대상일 뿐이었다. 그 하나님은 나의 모자람을 채워주는 대상이기보다 그냥 조건 없이 그리워하는 것만으로 거기까지이다. 그 이상의 바람은 아쉬움의 상처로 돌아온다.

　보고 듣는 느낌(시청각)의 인지 단계를 벗어나 언어화되는 기능에 장애가 있으면 언어 사용이 불가능하게 된다. 문학이나 회화적 예술 활동을 할 수가 없다. 지극히 민감한 정신 작용의 소통이 어려운 것은 물론이려니와, 그와 비례하여 자연과 인간 사회적 갈등도 아우르지 못하고 스스로 소외되어 제한을 받는 결과가 뒤따른다. 극복을 하는데도 할 수 없는 것들과 피할 수 없이 부딪쳐야만 하게 되다 보니 물고 물리는 굴레를 벗어날 수 없다.

　나는 60세 중반부터 녹내장으로 20여 년 이상 정기적으로 병원 안과 진료를 받아왔다. 시야가 점차 좁아지다가 끝내 시력을 잃게 되는 위험한 증상이다. 좋지 않은 일에 좋지 않은 것 하나 더해 청력까지 나빠져 시력과 청력 80%를 함께 잃었다.

그때 '이게 뭐야, 어떻게 이럴 수가' 하고 부정했을 때도 '90세가 되도록 살았으면 오복 중의 하나인 장수 복은 누렸는데⋯ 그동안 세상의 볼 것 못 볼 것 다 보았으면 되었지, 무엇을 더 보려고, 쓴소리 단소리 들을 것 못 들을 것까지 다 듣고도 이제 무엇을 더 들으려고 그래!' 이제 그만 들어도 된다며 자위하며 긍정적으로 받아들이기로 인정하고 돌아서는데 고개를 갸웃하고, '이건 아니지? 그런 게 아닌데? 이대로는 너무나 억울해.' 부정이 고개를 들고 나섰다. 이로부터 나는 나를 부정하고 그 부정을 변명하기에 이르렀다.

부정은 자신을 변명하기에 길들여져 변명하지 않으면 마음이 불안해지기까지 한다. 심지어 내가 나를 '너 팔 병신이지' 하면 엄연한 사실임에도 아니라고 부정한다.

결국 신체장애로 가지고 싶은 것, 하고 싶은 것들, 갈망을 채우지 못하는 결핍이 문제의 핵심이다. 이러한 굴레를 벗어나려는 몸부림으로 온 힘을 기울여 변명하려 한다. 심지어 '당신이 무슨 시인이냐, 시인은 아무나 되나' 그러면 그땐 자존심을 내세워, '그래 시인이고 조각보 작품의 작가'라고 반박을 한다. 이것이 고종목 방식의 '부정성'과 '변명'의 철학이고 본질이다.

시 쓰다가 조각보에 바늘 붓으로 그림을 그리다가 그런 게 아닌데 변명하다가 분논하다 허허거리다 그런 게 아니었는데 부정한다. 온갖 어려운 환경을 딛고 자란 부정은 근육질이 매우 견고하다. 서로 물고 물어뜯기는 부정은 부정을 부정하는 줄도 모르고 부정한다.

'아리랑' 나를 깨닫는 기쁨

"눈을 감고 가슴에 손을 얹은 채 아리랑을 불러 보세요."

한국인이라면 누구나 가슴이 뜨거워지고 뭉클하다. 뭉클함은 애절한 마음에서 오는 것일까, 뭐라고 표현할 수 없지만 영원하고 근원적인 것에 대한 간절함과 그리움에서 오는 것이 아리랑이다.

목청을 높여 불러도 흥이 나지 않지만 한과 시름을 얹어 부르면 힘겨운 삶의 소리가 차분히 가라앉는 것이 아리랑이다. 그래서 아리랑을 부르면 뜨거운 눈물이 난다. 자기 자신에게 불러 줄 수 있는 노래 중에 아리랑보다 더 아름다운 노래는 없을 것이다.

아리랑은 잠든 나를 깨우는 아리랑이요, 잠자고 있는 민족의 혼을 깨우는 아리랑으로써, 우리 민족의 영적인 아리랑이며 우리 모두를 아우르는 깨달음이 아리랑이다.

후렴, 아라리요는 '어느 누가 나를 알리요'란 뜻이라고 한다.

아라리요 고이 키운 딸내미는 사위 존일만 시키고
아라리요 금지옥엽 키운 아들내미는 메늘년 존일만 시켰네

아리랑 아리랑 아라리요 오- 오- 오

아리랑 허망 고개로 나를 넘겨주게 에- 에- 에

허리 아퍼 누운 할망구 갈퀴손에 든 풀빵 봉지에서는
따끈따끈 김이 모락모락 피어난다마는 세월네 네월네가
모르면 허망한 요 내 맴을 어느 누가 알리요- 오- 오- 오

아리랑 아리랑 아라리요- 오- 오- 오
아리랑 고개고개로 나를 넘겨주게- 에- 에- 에

조각보 작품 '구멍'

'거미줄 망'은 내가 입은 피해망상이 현실 부정으로 나타난 것이다.

자기방어적 공격성이 거미에 투사되어 내가 공격자인 거미가 된다. 벌레는 나약한 나를 비난하기 위한 매개체이다. '힘' 있는 거미가 되어 힘 있는 아버지의 콤플렉스를 극복한다. 그것은 곧 자신으로서, 아버지 없이 자란 과거의 억압된 나약한 '나'에 대한 부정으로 나타나며 왕거미가 되어 간접적으로 보상받게 된다.

그리움은 나약한 존재로 성장하게 된 동기의 실체이다. 항상 힘 있는 아버지가 곁에 버티고 있는 아이들이 부러워 초라한 모습을 보였다. 힘을 가진 아버지들이 미웠다. 더구나 소아마비 장애를 팔 병신이라고 놀리는 어린 시절의 상처는 더 큰 장애가 되어 나약해지는 배경이 되었다.

살과 뼈에 금을 긋는 기후, 늘 열려 있는 '구멍' 내 인생 기후 변화의 비상구이다.

나는 시를 이렇게 썼다

시를 쓰는 나는 늘 ?표이고 !표이고 …(말줄임표)이다. 언어와의 싸움이며 나와의 끝없는 싸움이다.

시를 쓸 때마다 유서를 쓰듯 쓴다. 그러나 늘 미완으로 끝나곤 한다. 그것은 내가 아직은 살아 있음을 확인하는 것이기도 하고 시를 계속 쓰고 싶은 욕망이며 화두이기도 하다.

나는 바늘구멍으로 사물을 인지한다. 사물 이전의 사물성을 카메라로 찍듯 '접사' '염사'*한다. 그리고 바늘땀 기법으로 떠올린 이미지들을 얽어매고 찍어매고 건너뛰고 당기고 감치고 완급의 조절 기능인 미싱으로 박음질한다. 실을 매개로 하여 "사물과 사물, 언어와 언어, 상상의 이미지 마디를 체험이 얹힌 정서와 분위기로 잇는 경로로서 시를 쓰고 있다." 거기에 바느질의 체험인 해체와 통합을 거쳐 질서를 찾는다.

바늘구멍 속의 조각은 시인의 페르소나(Persona), 시적 자아이다. 그 어떤 형태의 조각이라도 그것은 곧 '나'이면서 '타자'인 '나'이다. 즉 주체의 분열인 조각은 조각을 잇는 미적 감각에 의해 세상에 하나밖에 없는 나를 표현하는 것이다.

결국 시는 나를 쓰고 내가 써지는 것이다.

* 오남구 시인의 시작법에서 가져옴

낙서, 삶을 그리다

오 혜 정

(시인)

낙서, 삶을 그리다

오 혜 정

(시인)

어린 시절, 누구나 한 번쯤 낙서를 해 본 기억이 있을 것이다. 말을 배우기 전, 손에 쥔 연필이나 무언가로 끄적였던 순간들 말이다. 언어보다 먼저 우리를 찾아온 것은 바로 낙서였다. 인류가 그림과 문자를 통해 소통하기 시작한 이래, 낙서는 언제나 중요한 표현 수단으로 자리해 왔다. 그것은 개인의 자유로운 표현이든, 사회적 맥락에서 이루어진 행위이든 마찬가지다.

낙서는 흔히 무의미하거나 즉흥적이며 비공식적인 창작 행위로 여겨진다. 그러나 그 자유롭고 틀에 얽매이지 않는 성격 덕분에 독특한 가치를 지닌다. 문학이 삶의 다양한 층위를 담아내는 예술이라면, 낙서는 일상의 언어와 감각을 가장 자연스럽게 반영하는 행위라 할 수 있다. 이런 점에서 '낙서'는 문학이 추구하는 개인의 내면적 자유와 창의성과 깊이 맞닿아 있다.

시집 『낙서』에서 시인은 낙서를 통해 창작과 삶을 성찰한다. 시인에게 있어 낙서는 단순한 즉흥적 행위에서 벗어나 창작의 본질과 인간 내면의 갈등을 탐구하는 작업으로 승화된다. 낙서는 무의미하고 허무해 보이지만, 그 자체가 의미를 창조하는 출발점이 된다.

1. 결핍과 상처의 치유로서의 기록

낙서는 고정된 형식이나 규칙을 따르지 않는 자유로운 행위지만, 그 속에는 창작자의 진솔한 목소리와 감정이 담겨 있다. 이는 시가 일상의 평범한 언어와 이미지 속에서 인간의 본질을 드러내는 작업이라는 점에서 유사하다.

> 아리쓰리 신명을 깁는 디자이너
> 그리움 슬픔이 배경으로 깔린
> 저녁노을 벗겨다 아침노을로 각색한다
> 조각에 숨겨진 DNA를 추적한다
> 해맑은 눈 뜨고 큰 숨 들이쉬고 내쉰다
> 흐트러진 지문 비밀번호 하나하나 소환한다
> 히어로 패션디자이너 앙드레 고
> 그리움의 무늬 지문을 아로새긴다
>
> ─「히어로 앙드레 고」

시집 『낙서』에서는 결핍, 상처와 치유라는 주제가 중심을 이룬다. 때문에 시집 곳곳에 시인의 삶의 파편적 순간들이 진솔하게 기록되어 있다. "U턴 없는 신호등 앞에서 / 재깍 재깍 재깍 다음 신호를 기다리"(「U턴 없는 신호등 앞에서」)는 "히어로 패션디자이너 앙드레 고"가 기록되고, 어머니에 대한 그리움이 "온몸에 아프게 피어나는 문신"(「타투이스트」)으로 남아 있기도 하다. 시인은 무의미해 보이는 낙서처럼 자신의 삶을 조각으로 기록한다. 이러한 삶의 기록들은 즉흥적이지만 진실한 표현으로서 기능하게 된다.

시인에게 '조각'은 나를 구성하는 작은 일부이자, 삶의 단편성을 상징한다. 시인은 결핍된 조각처럼 완전하지 않은 존재이지만 "내가 나인 것 같지 않을 때"(「조각, 온몸으로 말한다」)도 나를 증명하는 것이 조각이다. '조각'은 "숨겨진 DNA"를 가진 자신만의 고유한 "지문"이며 결핍에 대한 상처, 삶의 모든 "그리움"을 담고 있다.

시인이 그토록 삶을 기록하려고 한 이유는 무엇일까? 시인은 한쪽 손의 장애를 가진 장애인이다. 태어난 지 3개월 만에 소아마비로 인해 한쪽 팔의 장애를 가지고 긴 세월을 지내왔다. 최근에는 시력도 청력도 많이 소실된 상태이다. "신체장애로 가지지 못한 것이 많았"던 그에게 세상은 결핍으로 가득하다. 육체적인 결핍은 평생 자신을 따라다니는 꼬리표처럼 괴롭혔고, "아버지 없이 자란" 충족되지 못한 어린 시절의 기억은 스스로에게 상처를 내고 스스로를 부정하게 만들기도 했다. 그러나 시인은 결핍과 상처를 그냥 두지 않는다. 그는 자신의 결핍과 상처를 기록으로 솔직하게 드러내며, 그 안에서 창작의 동력을 찾아 결핍을 치유하려는 시도를 보여준다.

그것은 가시였다

벼엉신

뒤 꼭지 찔러 오는 손 가시 피해
노란 위험선 침범하려 할 때
내가 나를 이기지 못해
탈진하여 쓰러지려 할 때
조용히 침화(針話)로 다가와
핏방울 솟구치게 이마를 찌르는 가시이다가
나를 일으켜 세우는 지렛대로 서기까지
아픔을 아픔으로 풀치다

그것은 결코 가시가 아니었어

—「가시, 풀치다」

　"벼엉신"이라는 가시는 "뒤 꼭지 찔러 오는" "노란 위험선
침범하"는 아픔이다. 그런 가시가 어느 순간 "나를 일으켜 세우
는 지렛대로"가 될 수 있었던 것은 "아픔을 아픔으로 풀치"며
"그것은 결코 가시가 아니었어"라고 가시를 부정하는 시인의
태도부터 비롯된다.

　4부 산문「고종목의 '부정성'」에서 시인은 자신의 내면적 갈
등과 부정성을 인정하며, 그것이 창작의 원동력으로 작용한다
고 고백한다. 그는 "나는 나를 부정하고 그 부정을 변명하기에
이르렀다"고 말하며, 이러한 부정이 단순히 절망에 머무르는
것이 아니라 "온갖 어려운 환경을 딛고 자란 근육질"로 자신을

유지하는 에너지로 작용한다고 설명한다. 이렇게 반복되는 부정의 순환은 내면적 갈등을 드러내는 동시에 그 갈등 속에서 창작의 에너지를 얻고, 자신을 성찰하며, 새로운 의미를 창출한다. 결국 상처가 된 경험은 시인의 예술적 승화를 통해 희망과 가능성으로 전환되며, 쓰는 행위를 통해 긍정으로 나아가는 출발점이 된다. 시인에게 있어 시작(詩作)은 자신의 삶을 기록하는 시작(始作)이자, 자신의 상처와 결핍의 치유의 행위이며 새로운 자아의 탄생이다.

고종목 시인이 이번 시집 제목을 『낙서』라고 정한 이유 역시 낙서가 '나'를 표현하고 자신의 삶을 표현하는 가장 진실된 수단이며, 시인이 자신을 삶을 기록하는 방식이기 때문으로 보인다. "결국 시는 나를 쓰고 내가 써지는 것이다."(「나는 이렇게 시를 썼다」) 그렇기 때문에 시인은 "누가 알아주지도 않는 낙서"(「낙서」)를 계속 쓸 수밖에 없다. 낙서는 단순한 놀이나 무의식적인 표현으로 국한되지 않고, 삶의 단편적 기록이자 내면의 진실한 표현으로 재해석됨을 알 수 있다.

2. 낙서에서 조각보로, 삶의 조각을 기워내는 과정

낙서가 시인의 경험과 감정을 진솔하게 기록한 개별적인 조각이라면, 조각보는 그 조각들을 꿰매어 완성한 삶의 그림이다. 하나의 독립된 조각으로 시작된 낙서들이 조각보처럼 서로 엮이며 하나의 전체로 완성되고 조화로운 그림으로 완성됐을 때 그의 삶이, 그의 시가 더 큰 의미를 창출해 낼 수 있다.

시인은 창작 과정을 메타포로 풀어내며, 그 치열함과 섬세함을 시각적으로 형상화한다. 「나는 시를 이렇게 썼다」에서 그는 시를 바느질로 비유하며, 삶의 단편들을 예술로 엮어내는 과정을 묘사한다. "이미지들을 얽어매고 찍어매고 당기고 감치고 박음질한다. … 바늘구멍 속의 조각은 시인의 페르소나, 시적 자아이다." 이 구절은 파편화된 삶의 낙서를 '조각보'라는 상징을 통해 창작으로 전환하는 과정임을 보여주며, 시집 전체의 철학적 메시지와 연결된다.

그 - 리 - 워 - 라!

부르면 부를수록 가슴 깊이 파고드는

그립고 그리운 목소리를 깁는다

O십 년이나 기다리고 기다리다가 지치고

주름진 얼굴 흰머리의 모습을 깁는다

남북 이산가족의 짧은 만남 긴 이별의 아픈 가슴

철조망을 실로 풀어 촘촘히 깁는다

다시 만날 약속도 없이 마주 바라만 보는

슬픔이 글썽이는 눈동자를 깁는다

산 너머 구름 너머 바라보는 하늘가

기저귀 벗은 고추가

엄마의 속옷 옆에 나란히

바지랑대 위 빨랫줄 잡고 부끄럼도 없이

위아래 아래위 자리바꿈 그네를 탄다

아득한 그리움의 그림자를 깁는다

—「그리움」

시인은 결핍과 상실을 단순히 고통으로 그치지 않고, 그것을 재구성하고 새로운 의미로 변환하려 한다. 「그리움」와 같은 시들이 바로 그런 과정의 예다. 「그리움」에서 시인은 자신의 상처와 결핍을 하나로 엮어내려는 과정을 그린다. 시인은 철조망을 풀어 실로 엮으며, 상처와 그리움을 꿰매는 과정을 시적으로 표현한다. "철조망을 실로 풀어 촘촘히 깁는다 / 다시 만날 약속도 없이 마주 바라만 보는 / 슬픔이 글썽이는 눈동자를 깁는다"에서는 상실과 그리움의 무게를 지닌 채 살아가는 인간 존재의 아픔을 고백하며, 그리움이 단지 고통에 그치지 않고 치유의 가능성으로 나아가려는 의지를 내포하고 있다. 여기서 "깁는다"는 표현은 치유와 통합을 상징하며, 흩어진 상처의 파편들을 하나로 이어가려는 노력은 낙서가 단순한 기록을 넘어, 치유의 과정으로 발전할 수 있음을 보여준다.

더불어 시인은 개인적 경험을 넘어서 사회적 메시지를 전달하기도 한다. 「팔도의 조각보 시위」에서는 지역적 다양성을 하나로 묶어 화합을 상징하며, 민족적 아픔과 상처를 치유하려는 시인의 의지가 드러난다. 이는 개인적 서사를 넘어 공동체적 통합을 지향하는 시인의 관점을 잘 보여준다. 이처럼 시인은 자신의 내적 고통을 넘어 보편적인 인간의 경험으로 확장시키고자 한다.

더 나아가 "못다 피우고 꺾인 꽃 한 송이의 그리움을 깁는다"와 "아득한 그리움의 그림자를 깁는다"라는 표현은 파편화된 상처를 하나로 통합하려는 시적 노력을 나타내며, "깁는다"는 행위가 상처의 회복을 넘어 창작적 재구성을 통해 새로운 그림을 완성하여 예술로 승화시키는 과정을 상징한다. 이제 낙서는 그리움이라는 감정을 기록하는 방식에서, 삶의 파편을 꿰매어 하나의 전체적인 그림을 완성하는 과정으로 확장되고, 시인의 삶을 완성하기 위한 창작적 과정이 된다.

시인은 삶의 조각을 꿰매는 창작의 과정을 통해 자신의 내면과 외면의 상처와 결핍을 완성된 삶으로 바꿔나간다. 조각보를, 삶을 기워 나가는 과정은 결핍과 상처의 단편들을 예술적으로 통합하고, 그 결과물은 하나의 완성된 자아와 작품을 이루게 된다. 시인은 시집 『낙서』를 통해 조각처럼 흩어져 있던 상처의 파편들이 모여 새로운 자아를 구성하는 과정을 보여준다. 이 과정을 통해 시인은 자신의 부정성과 결핍을 초월하려고 시도하며, 그것이 곧 자아의 완성으로 나아가는 길임을 깨닫는다.

시집 전체를 관통하는 중요한 주제는 결핍과 상처를 통해 창작의 에너지를 끌어내고, 그것을 예술적으로 변형시킨다는 것이다. 시인은 결코 상처를 숨기지 않으며, 그것을 치유의 과정으로 발전시킨다. 고종목 시인의 시에서 중요한 점은 결핍과 상처가 단지 고통을 의미하지 않으며, 그것이 새로운 가능성의 출발점이 된다는 것이다. 그리움과 상처는 단순한 비극적인 감정에 그치지 않고, 시인이 그것을 창작의 에너지로 변환하는 과정을 통해 문학적 가치와 의미를 지닌다.

3. 낙서, 창작의 출발점

'시인의 말'에서 시인은 "한때나마 / 하늘에 별로 보였"던 시가 어느 순간 "쓰고 보니 / 낙서"를 했다고 이야기한다. 하늘의 별로 보였던 시가 왜 낙서가 되었을까?

낙서는 시인의 삶을 솔직히 드러내는 기록이자, 그것을 예술로 발전시키는 연결고리이다. 시인에게 있어 낙서는 삶의 불완전함을 그대로 담아내는 동시에 새로운 창작의 가능성을 열어주는 중요한 매개체로 작용한다. 이제 시인에게는 끄적거리는 낙서가 곧 시이고, 반대로 말하자면 시인에게 있어 시는 이제 자유로운 창작, 삶의 기록의 낙서이다.

> 쓴다 꿈도 야무지다
> 시작(始作)인가? 시작(詩作)인가?
> 한두 편 더 쓴다고 달라질 것도 없는
> 누가 알아주지도 않는 낙서 쓴다
> 그저 그렇고 그런 시라서 빼고
> 내가 쓰고도 기억이 나지 않아서
> 캐릭터가 없어 체험이 없이
> 다리만 걸쳤다고
> 스미싱 시라고 마음에 안 든다고
> 빼고 빼고 빼고…
> 총결산 명세서
> 제로 포인트
>
> —「낙서」

시집 『낙서』에서 '낙서'는 단순한 기록을 넘어 창작의 본질을 탐구하는 도구로 재해석된다. 시인은 무의미해 보이는 낙서를 통해 창작과 삶의 본질을 탐구하는 시적 여정을 그려낸다. 낙서는 단순히 즉흥적이고 대수롭지 않은 기록처럼 보이지만, 시인은 이를 창작의 본질적 가치로 끌어올린다.

시인은 낙서를 창작의 출발점으로 삼아, 그 무의미해 보이는 행위가 어떻게 의미를 만들어가는지를 탐구한다. 「낙서」는 낙서의 본질적 가치를 조명하며, 창작의 고통과 무의미함에서 오는 좌절을 솔직히 드러낸다. "누가 알아주지도 않는" 행위로 묘사하며 창작자가 느끼는 소외감과 무력감을 나타내고 있다. 그러나 그럼에도 불구하고 "누가 뭐라 그래도 내가 좋아서 했을 뿐"(「'나 몰라' 요」)인 낙서를 멈출 수 없는 창작자의 숙명을 암시하며, "내 몸 한가운데 별을 새기"(「'나 몰라' 요」)는 이 작업을 멈추지 않는 시인의 모습은 낙서의 진정한 가치를 드러낸다.

'제로 포인트'와 같은 표현에서는 창작의 허무와 무의미를 탐구하면서도, 그 과정에서 새로운 가능성을 발견하려는 태도가 드러난다. 이는 낙서가 비록 완전하지 않더라도 창작의 중요한 단계임을 암시한다. 허무 속에서 시작되는 낙서는 창작 과정의 필연적인 일부이며, 그 과정 자체가 하나의 창조임을 보여준다. 그는 낙서를 시작으로 삶의 고통과 결핍을 창작의 에너지로 전환하고, 이를 시라는 형식 안에서 발전시킨다. 이는 시인이 창작을 단순히 결과물이 아니라 과정 자체로 인식하며, 그 과정을 통해 끊임없이 변화하고 성장하려는 의지를 보여준다.

시집에서는 "빼고 빼고 빼고"와 같은 반복적 표현이 등장하는데 이는 창작 과정에서의 끊임없는 수정과 자기 부정을 나타낸다. 낙서는 이러한 과정을 통해 단순한 기록에서 정제된 창작물로 발전한다. 여기서 낙서는 의미 없는 기록처럼 보이지만, 시인은 낙서를 통해 창작의 진실성을 탐구하고, 삶의 본질을 탐구한다. 이는 시인의 삶에서 낙서가 단순한 즉흥적 행위가 아니라, 결핍과 부정성을 드러내는 동시에 그것을 새로운 의미로 변환하는 창작의 초석임을 보여준다. 시인이 자신의 시를 낙서라고 표현한다면, 이는 시의 본질과 창작 과정을 보다 자유롭고 즉흥적인 관점에서 바라보는 비유로 볼 수 있다. 이러한 표현은 시에 대한 새로운 해석을 가능하게 한다.

시!
한때나마
하늘에 별로 보였다

시!
쓰고 보니
낙서를 했다

시!
나를 떠나
하늘에 별로 돌아갔다
유산으로
?
남긴다

—'시인의 말'

시인에게 있어 낙서는 삶과 예술의 경계를 허무는 역할을 한다. 시인에겐 시와 별과 낙서는 경계가 없다. 시가 곧 낙서이기도 하고 별이기도 한 상태에 이르렀음을 뜻한다. '졸수(卒壽)'를 얼마 남기지 않고 있는 시인에게 경계는 무의미하다. "세상에 문은 많고 많아도 / 나에겐 앞뒤 없는 문 하나"(「세상의 문은 하나」)일 뿐이고, "산은 나 되어 팔짱 끼고 / 나는 산이 되"(「산이 된 '나'」)기도 한다. 나아가 세상에서 "빼고 빼고 빼고… / 총결산 명세서 / 제로 포인트"(「낙서」)인 0만 남게 되며 "세상의 문은 있지도 없지도 않은" 것이 된다. 그렇다고 해서 세계가 사라지는 것도 아니다. 시인에겐 "온통 마음속이 집 한 채로 가득 차" 있다. 이는 도가 사상에서 무(無)가 단순히 '없음'이 아니라, 모든 것을 포용할 수 있는 가능성의 상태를 의미하는 것과 같다. 이제 시는 "나를 떠나" 여러 가능성을 열어둔 상태인 '?'로 남겨지게 된다.

나를 벗는다

안경을 벗는다

가장 은밀한 숲을 벗고

팽팽한 긴장을 벗는다

단 한마디의 말도 필요치 않아

느낌만으로도 서로가 서로를 벗는다

지킬과 하이드를 벗는다

명예의 모자 자존심을 벗는다

거리가 유행을 입으면

쇼윈도의 마네킹은 유행을 벗는다

창녀처럼 성스럽게

마네킹처럼 홀라당 벗는다

오만과 아집을 벗은

저 자유를 누가 입을까?

　　　　　　　　　　　　　　　—「벗는다」

　시인에게 있어 이제 세계는 고정된 실체가 없으므로 변화와
가능성을 담고 있다.(불교의 空이 비어 있는 동시에 만물을 포
함하고 생성하는 원천적 상태와 같다.) 이제 "저 자유를 누가
입을까"(「벗는다」) 물어보지 않아도 될 것 같다. 그 무엇도 시인
을 가둘 수 없다. "나를 벗고", "팽팽한 긴장을 벗고", 어떠한 강
요나 의무에서 벗어나 이제 "손짓 발짓 몸으로 시 쓰"(「시야 놀
자」)며 놀이로서 놀기만 하면 된다. 시를 억지로 창조하는 것이
아니라 경계를 허물고 새로운 의미를 창조하며 놀이처럼 자연
스럽게 흘러가는 과정에서 탄생시킨다. 이번 시집 『낙서』에 수
록된 시들은 내면적 자유를 향한 시인의 열망과 갈망이 고스란
히 드러난 작품들이라 할 수 있다.

　4. 낙서를 통해 경계를 허물다: 시, 삶, 그리고 놀이
　낙서는 종종 기존의 질서나 권력 구조, 사회적 관습에 저항
하는 표현 도구로 사용된다. 그래피티 아티스트 뱅크시(Banksy)
의 작품은 낙서가 정치적 메시지를 문학적으로 전달하는 대표
적인 방식이다. 이는 문학에서의 저항적 글쓰기와 유사하다.

먹어 치운다 거품이 거품을

돌연변이 식인종이 하늘 무서운 줄 모른다

피가 피를 불러들이고

돈이 돈을 탐닉하여 배가 터지는 이리 떼

쇠창살도 물어뜯는다

골 빈 자의 영혼은 식탐 허기로 입술이 부르튼다

내가 하면 로맨스

네가 하면 스캔들

내가 하는 말은 정의요

네가 하는 말은 모두 불의다

이 자리에서는 이 말

저 자리에서는 저 말

돌아서면 뒤집는 말 말 잔치 말 풍년

거품 공화국 해는

물구나무서서 가도 말이 되는

시가 시 거품을 낳아 시를 살해한다

　　　　　　　　　　─「거품 공화국 해는 거꾸로 뜬다」

　시인이 마주하는 현대 사회는 자기 중심의 해석만을 강조하
는 사회이다. "내가 하면 로맨스 / 네가 하면 스캔들 / 내가 하
는 말은 정의요 / 네가 하는 말은 모두 불의"인 이 시대는 상대
방의 다면성을 이해하지 않고 자신의 기준으로 동일화하는 태
도를 가진다고 해석할 수 있다. 이러한 자기 중심의 해석은 의
미의 동일화를 강제하거나, 다양한 진실을 억압하는 방식으로

작동하기 쉽다.

또한 시는 본래 진실과 감동을 전달하는 도구이지만, 시인이 보기에 이 시대의 시는 "시가 시 거품을 낳아" 결국 그것이 자기 파괴적이 되어 "시를 살해"하는 상황이 되었다. 이는 문학이 추구해야 할 자유와 다양성을 상실하고 엘리트주의를 추구하게 된 결과이다. 엘리트주의는 대중의 경험을 배제하고 특정 집단만의 언어와 가치를 강조함으로써 문학의 본질을 왜곡한다. 시인은 이러한 시대적 상황 속에서 문학이 진실과 방향성을 잃어가는 현상을 비판하며, 다양한 진실과 다면성을 회복할 필요성을 강조하고 있다.

이는 아도르노가 주장한 '동일화의 폭력'을 통해 설명할 수 있다. 아도르노는 대상의 복잡한 다면성을 단일한 방식으로만 규정하고, 이를 통해 차이를 억압하는 현대사회의 폭력을 비판했다. 그는 기존의 체계와 동일화 논리에 저항하기 위해 '부정성'을 강조하며, 다양성과 차이를 존중하는 태도의 중요성을 주장했다. 이 맥락에서 낙서는 아도르노의 부정성과 시인의 비판을 시각적으로 상징하는 행위로 볼 수 있다. 낙서가 종종 공공의 벽이나 허용되지 않는 공간에 표현되며, 기존의 질서나 권위적 체계에 도전하는 자유롭고 즉흥적인 창작이라는 점에서 그러하다. 이는 형식화된 예술(엘리트주의)에 대한 대항이자, 새로운 진실과 감각을 드러내는 과정이다. 낙서는 체계와 동일화 논리에 의해 억압된 다양한 목소리와 해석을 담고 있으며, 현대 사회에서 진실과 다양성이 억압되는 문제를 고발하는 상징적 행위로 이해될 수 있다.

시인이 말하는 "시를 살해하는 시"와 대비해, 낙서는 기존 문학이 잃어버린 자유로움과 다양성을 회복하는 저항적 표현으로 볼 수 있다. 규칙이나 형식에 얽매이지 않고 자유롭게 표현되는 낙서의 특징을 감안하면, 진실과 다면성을 회복하려는 시인의 메시지가 기존 문학의 형식과 권위를 벗어나 낙서와 같은 자유로운 표현 형식에서 실현될 가능성을 시사한다.

시인은 낙서라는 개념을 통해 전통적인 시 형식을 탈피하고, 새로운 실험을 시도한다. 낙서의 형식적 특징을 문학적으로 변주하며 반복, 파편화 등의 기법을 보이는데, 이러한 실험은 독자들에게 전통적 시에서 느끼기 어려운 신선한 감각을 제공한다. 이는 기존 문학의 틀을 넘어 새로운 서사를 창조하려는 시도로 볼 수 있다.

길 위로 똑 • 똑 • 똑 • 섬이 걸어간다

깜박 빨간 불, 깜박 노란 불, 깜박 파란 불

나의 눈이 깜박 신호등을 켠다

왼쪽 눈 0.3 오른쪽 눈 0.5

두 눈의 신호등 깜빡이를 끈다

한 치 코앞도 깜깜이다

깜박이가 꺼진 흰 지팡이와 팔짱을 낀다

맑은 안과병원 가는 길 반 발짝 앞서간다

깜박이는 눈보라

깜박이는 비바람에

깜박이는 두 어깨가 젖는다

지하철 3호선 충무로역 계단을 내려간다

지하철 4호선 회현역 계단을 올라온다

횡단보도 앞에서

한 점 • 독도가 된다

벨이 울린다

—「불 꺼진 신호등」

낙서는 대개 간결하고 직관적인 표현을 특징으로 하며, 이는 시인의 시적 언어에서도 잘 드러난다. 직관적인 표현은 시가 긴 서사나 복잡한 구조보다 감각적이고 직관적인 메시지를 전달하는 데 중점을 둔다는 것을 의미한다. 시인은 낙서를 통해 즉흥적이며, 정형화되지 않은 언어와 표현 방식을 사용하여 이를 통해 작가의 생각을 단편적으로 기록하거나, 감정과 직관을 시각적 또는 언어적으로 표현하는 장치로 사용하고 있다.

「불 꺼진 신호등」은 시각적 이미지를 통해 현대인의 불안과 무력감을 탐구하며, 인간 존재와 삶의 방향성을 묻고 있다. 시인에게 시=낙서로 인식되는 순간 시는 꼭 완벽한 구조와 수사를 갖추지 않아도 된다. 일상의 순간에서 떠오르는 단편적인 생각과 감정을 풀어내고 있는데, 이러한 방식은 낙서의 즉흥성을 닮아 있다.

시인은 신호등이라는 일상의 사물을 통해 자신이 느끼는 삶의 혼란과 방향 상실을 상징적으로 묘사하는데, '불 꺼진 신호등'은 단순한 기계적 장치가 아니라, 시적 자아가 경험하는 혼란과 불확실성의 은유이다. 마지막에 등장하는 "한 점 • 독도가 된다"는 고립감과 존재의 소외를 상징하는데, '·' 기호를 활용하여 개인의 고독과 삶의 불확실성을 절묘하게 연결하고 있다. 고종목 시인은 시에서 다언어적 표현과 상징, 심지어 비언어적 기호를 활용하는 방식을 자주 활용하고 있는데 이는 낙서와의 연관성을 더욱 강화한다. "□△☆○의 빈 공간에 산골짜기 강 너머 푸른 숲"(「꽃 이야기」), "+ - = 0℃에 고드름이 열린다"(「기후가 말한다」)와 같은 구절은 다양한 언어와 기호를 혼합하여 독자에게 다층적인 해석의 여지를 제공한다.

　또한 시에서 반복, 대조, 비유, 상징과 같은 전통적인 기법이 혁신적으로 변주되며 독창성이 발휘된다. 특히 이번 시집에서는 "빼고 빼고 빼고…"(「낙서를 위한 낙서」)와 같은 시어의 반복이 자주 등장하는데, 이런 반복은 시적 리듬을 형성할 뿐만 아니라 특정 이미지를 강조하며 독자의 감각을 자극한다. 「불 꺼진 신호등」에서도 '깜박'이라는 단어가 신호등, 눈, 비바람 등 다양한 맥락에서 반복적으로 사용되며 혼란과 불확실성을 강조하고 있다. 이러한 반복은 독자가 시적 자아의 혼란스러운 감정을 직접 체험하게 만들어주는 역할을 한다.

　"봄, 진달래 빛 입술연지 바르고 돌담길 돌아 마을 안 수양버드나무 밑에서 딸꾹질한다 딸꾹딸꾹 온 마을로 번진다 노란 산수유 꽃 유두 딸꾹딸꾹 터진다 낮달이 실눈을 뜨고 듣는다 뻐꾸기가 늦잠 깨어나 떠꾸떠꾸 방언을 풀어 짝짓는 마을"(「봄. 봄. 봄」)에서는 일상적 자연현상을 대담하고 생동감 넘치는 언어로 풀어내며, 독특한 봄의 감각을 창출하기 위해 반복이 사용된다. "돌고 돌아 여기까지 흘러왔네 …(생략)… 볼 것도 많은 세상 오라는 곳 없어도 갈 곳은 많네 …(생략)… 돌고 돌아 죽지도 않고 왜 또 왔니 뭘 보여줄 게 있다고"(「돌고 돌아」)에서는 시간과 인생의 순환을 반복적 구문으로 형상화하며, 독자에게 리드미컬한 경험을 제공하는데, "돌고 돌아"라는 반복은 인간의 여정을 회화적으로 묘사하면서 운율감을 강화하고 있다.

아가야!
까-꿍 시 쓰니?

도리도리 짝짜꿍
곤지곤지 짝짜꿍

오줌 싸고 똥 싸놓고
옹알옹알 시야 놀자
잠자는 얼굴 향기가 꽃핀다
손짓 발짓 몸으로 시 쓴다
까-꿍 시가 웃는다
방긋방긋 시 쓴다

도리도리 짝짜꿍
곤지곤지 짝짜꿍

— 「시야 놀자」

「시야 놀자」에서도 "도리도리 짝짜꿍 / 곤지곤지 짝짜꿍"과 같은 어휘를 반복적으로 사용하여 시의 소리적 요소를 부각시킨다. 리드미컬한 분위기를 조성하는 리듬감 있는 표현은 흥겨운 감각을 독자에게 전달하고, 창작의 자유와 본능적 기쁨을 강조하고 있다. 「시야 놀자」에서는 반복과 함께 "옹알옹알", "까-꿍", "방긋방긋"과 같이 아이들이 내는 소리와 행동을 흉내 낸 의성어와 의태어가 생생하게 표현되며, 시적 리듬을 형성하고 있는데, 독자는 소리를 듣는 듯한 감각적 경험을 하게 된다. 시인은 아이들의 놀이를 활용해 언어적 장난과 리듬으로 변형하여 창의적이고 실험적인 감각을 전달하고 있다.

언어유희와 다의적 표현 또한 고종목 시인의 시적 세계를 형성하는 중요한 요소다. 「시야 놀자」에서 "도리도리 짝짜꿍"과 같은 구절은 단순한 놀이처럼 보이지만, 시인과 우주의 연결성을 암시하며 시적 확장성을 부여한다. 이러한 표현은 독자에게 시를 단순히 읽는 행위가 아니라 새로운 의미를 발견하는 체험으로 만든다.

반복과 의성어, 의태어의 사용은 일상의 규칙을 깨고 의미의 경계를 넘어서려는 시가 가진 '놀이'의 성격을 더욱 부각시킨다. 시인은 의도적으로 반복이나 변형, 숨은 의미들을 통해 언어를 놀이처럼 다루며, 독자에게는 그 안에서 의미를 찾아가는 게임을 선사한다. 이러한 놀이적인 요소는 시의 리듬과 운율, 그리고 상징성을 더욱 풍부하게 만들어주며, 독자가 텍스트에 몰입하는 데 도움을 준다.

아리아리 쓰리쓰리 아라레이 아라레이레이호
아리아리 아리랑 고개고개 아리쓰리 넘어간다
요로레이아라레이 요들고개 아리쓰리 넘어온다

아라레이 요로레이 나를 버리고 가시는 님은
아리아리 아리랑 십 리도 못 가서 발병난다
아라레이 요로레이 요로레이 아라레이레이호

사랑해 나는 너를 사랑해 너는 나를 영원토록
따뜻한 손길 나누며 오손도손 살리라 아라레이호
아리랑아라리 행복하게 살리라 아라레이레이호

아리아리 동동 부른다 쓰리쓰리 동동 부른다 부른다
아라레이 요로레이 요로레이 아라레이 아라레이호
아라레이레이호 요로레이레이호 아라레이레이호

—「아리랑 요들송」

시인은 아리랑을 「아리랑 요들송」으로 변주한다. 아리랑은
한국인의 깊은 감정과 민족적 정서를 담고 있는 곡으로 반복적
인 가사와 리듬이 특징이다. 아리랑에서 반복은 일종의 놀이처
럼 변형되어 불려지기도 하고, 노래를 부르는 이의 감정에 따
라 그 리듬이나 음조가 변하기도 한다. 그 변화 속에서 아리랑
은 단순한 민속가요 이상의 의미를 지니며, 그 안에 억눌린 감
정이나 슬픔, 그리움, 희망 등을 표현하는 독특한 힘을 발산하

는 특징이 있다. 이런 아리랑을 요들송으로 변주하여 부른다는 점에서 매우 흥미롭다. 시인은 아리랑의 반복적이고 변형되는 리듬을 활용하여 감정의 기복을 표현하는데, 아리랑의 가사나 멜로디가 주는 고유의 감정적 힘은 시인이 언어의 놀이를 통해 감동을 선사하는 방식과 맞닿아 있다. 아리랑은 그 자체로 하나의 '놀이'인 동시에, 이를 표현하는 시도 역시 언어와 감정의 교차점에서 놀이의 형태를 띠기도 한다. 결국 시, 놀이, 아리랑은 모두 언어와 감각, 그리고 감정을 자유롭게 탐구하는 방식들로, 서로 상호작용하며 인간의 깊은 정서를 표현하는 방법이라 할 수 있다. 이들 각각의 요소는 감정의 흐름을 조절하는 리듬과 같아, 하나의 작품으로 엮였을 때 더욱 풍부한 음악성과 감동을 만들어낸다.

고종목 시인의 시집 『낙서』는 독창적인 수사적 기법과 실험적 표현을 통해 독자에게 새로운 문학적 경험을 선사한다. 낙서라는 자유로운 형식 안에서 시인은 언어와 상징, 그리고 감각적 이미지를 활용하여 개인적 경험과 내면적 성찰을 효과적으로 전달한다. 시집 『낙서』는 시의 경계를 확장하고 새로운 가능성을 탐구하는 창조적 시도로 읽힌다.

5. 고종목 시인의 시적 비행

개인의 삶을 다양하게 담아내는 예술이 문학이라고 하지만, 고종목 시인의 시가 특별한 이유는 삶의 결핍과 상처를 낙서와 조각보를 통해 예술적 성찰로 변모시킨다는 점이다. 시인은 자신의 결핍을 숨기지 않고 이를 창작의 원동력으로 삼아 치유와 통합의 과정을 그린다. 또한 바느질과 조각보의 메타포를 활용해 창작 과정을 섬세히 묘사하며, 삶의 단편들을 엮어내는 작업이 예술적 통찰을 만들어내는 과정임을 보여준다.

> 은비녀 쪽진 머리
> 오른손에 AI 스마트폰 들고
> 왼손에 전주 합죽선 펼쳐 들었다
> 오른발에 노란 굽 높은 짚신 신고
> 왼발에 하얀 꽃버선에 빨간 샌들구두 신고
> 앞에는 무릎 위 20cm의 미니스커트
> 뒤에는 바닥에 끌리는 롱스커트 입고
> 왼쪽 가슴엔 빨강 브래지어
> 오른쪽 가슴엔 노란 브래지어
> 허리엔 무궁화 무늬도 선명한 버클 벨트로
> 허리 중심 곧게 세운 패션모델의 표정이
> 관객들의 시선을 압도한다
> 무대에 쏟아지는 아라리 갈채 갈채
> 패션쇼 날개도 없이 붕 떴다
> 우주 시대 달나라까지 날자 날자
>
> ―「패션쇼」

시인은 다양한 요소들을 하나의 무대에서 펼치는 무대 위의 장인(匠人)이다. "은비녀 쪽진 머리"와 "AI 스마트폰", "전주 합죽선"과 "미니스커트", "짚신"과 "샌들구두" 등 서로 이질적인 전통과 현대적 요소들이 결합이 된다. "이미지들을 얽어매고 찍어매고 당기고 감치고 박음질"하여 문화적 혼종을 만들어내는 이 작업은 관객의 시선을 압도하는 고종목 시인만의 장기라고 할 수 있다. 이러한 작업은 불완전한 삶을 예술적 통합으로 이끄는 창작의 본질을 강조하는 것이기도 하다.

경계가 없는 비현실적 이미지의 확장은 "날개도 없이 붕 떠"서 "우주 시대 달나라까지 날"아간다. 시인은 시적 실험의 무대를 우주까지 확장한다. 시인의 시적 실험은 언어적 실험과 상징적 표현, 형식적 자유를 통해 독자들에게 철학적 울림을 전달한다. 낙서를 시처럼, 시를 낙서처럼 느끼게 만드는 그의 창작 세계는 독자에게 시와 문학의 본질에 대해 다시 생각하게 한다. 이는 문학이 경계를 허물고 삶과 예술의 틈새를 메우는 창작의 본질임을 일깨운다. 『낙서』는 이러한 점에서 새로운 가능성을 보여주는 귀중한 시도로 평가받을 만하다. 낙서와 조각보라는 상징을 통해 상실과 부정성을 초월하여 예술적 통합과 치유를 이루는 과정을 보여주는 이 시집은 고종목 시인의 창작 철학과 문학적 실험의 정수를 담고 있으며, 독자들에게 깊은 감동과 철학적 성찰을 선사한다.